Annette Weber

DIE UNHEIMLICHE ESCAPE-ROOM-PARTY

Kids

Impressum

Titel
Die unheimliche Escape-Room-Party – Lesestufe 3
Differenzierte Lektüre mit spannenden Rätseln für Klasse 3/4

Autorin
Annette Weber

Umschlagmotiv und Illustrationen
Katharina Reichert-Scarborough

Druck
AZ Druck und Datentechnik GmbH, Kempten, DE

Verlag an der Ruhr
Mülheim an der Ruhr
www.verlagruhr.de

ISBN 978-3-8346-6598-0

Dieses Werk wurde vermittelt durch die Textbaby Medienagentur, *www.textbaby.de*

Begleitendes Unterrichtsmaterial:

„Die unheimliche Escape-Room-Party – 3-fach differenzierter Lesebegleiter“ als PDF unter *www.verlagruhr.de*:

978-3-8346-6548-5 *(Pro-Lizenz)*
978-3-8346-6549-2 *(Premium-Lizenz)*

Inhaltsverzeichnis

Ein besonderer Geburtstag

„Guten Tag. Mein Name ist Nuri Bulut. Meine Tochter möchte ihren Kindergeburtstag in Ihrem Escape-Room feiern. Darum wollte ich fragen …“ Mama sitzt nun schon lange am Telefon und ruft einen Escape-Room nach dem anderen an. Auch jetzt bricht sie ab. Das ist kein gutes Zeichen. Ich dränge mich an sie, um mitzuhören, und Mama stellt das Telefon auf laut.

„Tut mir leid“, sagt eine freundliche Frauenstimme. „Wir sind leider momentan komplett ausgebucht. Der nächste freie Termin ist erst wieder in neun Wochen.“

Hat sie wirklich „in neun Wochen“ gesagt? Das ist viel zu spät, denn ich habe schon nächste Woche Geburtstag. Und natürlich möchte ich auch dann feiern und nicht neun Wochen später.

„Das ist leider zu spät für uns“, sagt Mama. „Trotzdem vielen Dank.“

Damit drückt sie das Gespräch weg und wir schauen einander ratlos an.

Das war nun schon der 3. Escape-Room, bei dem Mama es versucht hat. Aber jedes Mal haben wir die gleiche Antwort bekommen: Es gibt in der nächsten Zeit einfach keine freien Termine mehr.
„Ach, Elif“, sagt Mama unglücklich. „Das tut mir wirklich leid.“
„Und was machen wir jetzt?“, jammere ich.
Mama schaut mich traurig an. „Ich glaube, das wird nichts mit einer Escape-Room-Party. Das waren alle Escape-Rooms, die hier in der Gegend sind. Vielleicht sollten wir deinen Geburtstag wieder im Schwimmbad feiern, so wie letztes Jahr. Das war doch ganz nett.“

Nein, nein, nein! Das will ich nicht schon wieder. Ich habe mir fest vorgenommen, in einem Escape-Room zu feiern. Vor ein paar Wochen war ich mit meinem Bruder Kadir in einem Escape-Room und seitdem bin ich total begeistert davon. Und dann hatte ich eben die Idee, meinen Geburtstag auch dort zu feiern. Ich liebe diese Rätsel und Kadir und ich waren richtig gut darin. Die Escape-Room-Party muss einfach klappen!

Kadir hat unser Gespräch mit angehört und kommt nun zu uns.

„Vielleicht solltest du dir selbst Rätsel ausdenken“, schlägt er vor. „Dann machen wir aus unserer Wohnung einen Escape-Room.“

„Das ist eine gute Idee, finde ich“, sagt Mama. „Außerdem ist es auch günstiger als ein offizieller Escape-Room.“

Aber das ist völliger Quatsch. Unsere Wohnung ist dafür nämlich zu klein und außerdem gar nicht unheimlich. Also schüttele ich entschieden den Kopf.

„Ein echter Escape-Room muss spannend und geheimnisvoll und etwas gruselig sein“, erkläre ich. „Und unsere Wohnung ist total langweilig!“

Zuerst schaut Mama ein bisschen tadelnd, aber ich lenke sofort ein: „Ach, Mama! Du weißt doch, wie das gemeint ist. Unsere Wohnung ist natürlich nicht langweilig, aber für einen Escape-Room ist sie einfach nichts."

Mama nickt und sagt dann nach kurzem Überlegen: „Und wenn wir Anna fragen?"

Anna ist Mamas beste Freundin. Früher haben die beiden zusammen gearbeitet, aber seit einem Jahr ist Anna Rentnerin. Sie wohnt in einem alten Haus etwas außerhalb von unserer Stadt direkt an einem Steinbruch. Seit Anna in Rente ist, hat sie viel Zeit und darum besuchen wir sie oft.

Bei Anna ist es immer lustig und aufregend, weil sie so viele witzige Ideen hat. Kadir und ich sind gern bei Anna zu Besuch.
„Das wäre absolut perfekt!“, stimmt Kadir auch sofort zu. „Das Haus ist groß genug, es ist ein bisschen unheimlich und ich bin mir auch sicher, dass Anna sich tolle Rätsel ausdenkt.“
Ich muss lachen. Mir fallen so viele verrückte Sachen ein, die wir schon bei Anna erlebt haben. Einmal haben Kadir und ich uns auf Annas Dachboden zwischen ihren alten Sachen versteckt. Dann habe ich mich mit einem schwarzen Umhang verkleidet und damit Kadir erschreckt. Der wäre vor Schreck fast in Ohnmacht gefallen!
Mama klatscht in die Hände und sagt: „Also gut, ihr beiden. Ihr wisst ja, dass man Anna am Telefon eigentlich nie erreicht. Am besten fahren wir kurz bei ihr vorbei und fragen sie, ob sie mit der Party einverstanden ist.“

Wir machen uns also gleich auf den Weg zu Anna. Und wir haben Glück, denn sie ist sogar richtig begeistert von unserer Idee.

„Kinderchen, das ist die beste Idee seit Langem", ruft sie. „Ich denke mir spannende Rätsel aus und dann werfe ich für euch die aufregendste Escape-Room-Party, die ihr je erlebt habt."

„Soll ich dir mal zeigen, wie die Rätsel für so einen Escape-Room funktionieren?", frage ich vorsichtig. Ich habe ein paar Rätselbücher von zu Hause mitgenommen, um sie Anna zu zeigen. Ein paar der Bücher hatte ich schon lange, ein paar habe ich aber auch erst nach unserem Escape-Room-Besuch neu gekauft. Aber Anna lacht nur und winkt ab.

„Na, hör mal!“, ruft sie empört. „Was denkst du denn von mir? Mir fallen ja wohl noch selbst genug spannende Rätsel ein. Die Hauptsache ist doch, dass ihr Spaß habt und alles lösen könnt. Nicht, dass ihr noch in einem Raum stecken bleibt und nicht mehr herauskommt.“
Jetzt lacht sie heiser und leise und das hört sich fast ein bisschen unheimlich an. Ich schaue zu Kadir, aber er ist kein bisschen unsicher.
„Elif und ich sind richtig gut im Rätseln. Wir schaffen das bestimmt“, meint er.
„Also dann – abgemacht. Wir feiern eine absolut megaspannende Escape-Room-Party!“, jubelt Anna.
Sie hält mir die Hand hin und ich schlage ein. Das wird lustig!

Drei Kinder darf ich einladen und ich wähle meine besten Freundinnen Leonie und Mila und meinen besten Freund Gustav. Mit Kadir und mir zusammen sind wir also zu fünft. Als ich die Einladungskarten in der Schule verteile, freuen sich Leonie, Mila und Gustav natürlich. Alle wollen unbedingt dabei sein und sagen sofort zu.

„Das hört sich total aufregend an", meint Mila. „Auf einer Escape-Room-Party bin ich noch nie gewesen. Was für eine tolle Idee!", ruft Leonie und Gustav fügt hinzu: „Ich kann es kaum abwarten, die ganzen Rätsel zu lösen. Das wird bestimmt spannend!"

Mir geht es genauso wie den anderen. Ich kann den Tag kaum erwarten.

Die Feier beginnt

Und dann ist es auch schon so weit: Ich habe Geburtstag! Pünktlich um 14 Uhr sollen die Gäste an Annas Haus eintreffen. Mama, Kadir und ich sind schon etwas eher da gewesen. Mama ist jetzt mit Anna im Garten, um meinen Geburtstagstisch vorzubereiten. Anna hat einen Schokoladen-kuchen gebacken und später soll es außerdem Salat und frisches Brot geben.
Während Mama und Anna im Garten sind, warten Kadir und ich an der Gartentür auf die Gäste. Und dann sind endlich alle da.

„Ich habe riesigen Hunger“, stellt Kadir fest. „Hoffentlich gibt es bald etwas zu essen.“ „Ich bin schon so gespannt“, meint Leonie. „Ich habe heute Nacht vor Aufregung kaum geschlafen.“ Gespannt sind wir alle. Aber ich muss zugeben, dass mein Herz auch etwas flattert und ich ein mulmiges Gefühl im Magen habe. Alles wirkt heute ganz besonders geheimnisvoll. Dieses alte Haus, der Steinbruch dahinter, der Brunnen im Hof – das alles kenne ich schon so lange und trotzdem erscheint es mir heute anders als sonst. Anna hat uns natürlich vorher nichts verraten. Wir wissen bloß, dass wir, sobald alle da sind, zusammen in den Hof gehen sollen.

Also gehen wir gemeinsam dorthin und schauen uns erwartungsvoll um. Auf einmal hören wir eine tiefe, geheimnisvolle Stimme. Wir zucken zusammen und versuchen, zu erkennen, woher die Stimme kommt. Wie merkwürdig! Sie scheint aus dem Brunnen zu kommen, der mitten im Hof steht. Als wir vorsichtig darauf zugehen, ertönt die Stimme wieder: „Hier geht es ins Haus!“

Völlig verwirrt starren wir uns an. Dann müssen wir lachen, weil die Situation so verrückt ist. „Einen Brunnen, der sprechen kann, kenne ich nicht mal aus Märchen“, kichert Gustav. Mir geht es genauso, aber unser Brunnen redet wirklich. Ich frage mich, wie Anna das wohl geschafft hat. Wir laufen zum Brunnen und betrachten ihn genauer. Er ist nicht sehr tief, aber er ist dunkel. Eine Leiter führt hinunter in den Brunnen. Sollen wir etwa da hinuntersteigen? Der Gedanke ist ziemlich unheimlich.

„Ich fange an“, sagt Kadir mutig.
Er ist ja auch der Älteste von uns und vielleicht glaubt er, er muss uns etwas beweisen. Schon schwingt er ein Bein über den Brunnenrand. Doch auf einmal ertönt die tiefe Stimme erneut.
Wir zucken alle zusammen:
„Pass gut auf!“, dröhnt die Stimme. „Die Leiter ist schon ziemlich alt und morsch. Du kannst nicht alle Sprossen betreten. Die ersten beiden Sprossen sind noch gut erhalten, aber dann fehlt eine. Nach der fehlenden Sprosse kannst du zunächst ganz normal weiterklettern. Doch in der Mitte der Leiter, auf der 7. Sprosse, musst du wieder aufpassen. Die nächsten beiden Sprossen fehlen nämlich. Dann geht es ganz normal weiter, bis du an die vorletzte Sprosse gekommen bist. Die vorletzte und die letzte Sprosse sind fast vollständig verfault. Hier solltest du nicht drauftreten, sondern besser mit einem Satz auf den Boden springen.“
Kadir sieht plötzlich doch ängstlich aus.
„Was?“, fragt er entsetzt.
Und damit zieht er sich auch wieder vom Brunnen zurück.

Etwas verlegen murmelt er: „Also, das hört sich jetzt doch irgendwie gefährlich an. Ich glaube, ich lasse jemand anderem den Vortritt."

Aber jetzt haben wir alle Angst. Andererseits können wir ja auch nicht hier stehen bleiben. Ich mache also einen Schritt auf den Brunnen zu.

„Stimme im Brunnen, kannst du das alles noch mal wiederholen?", frage ich.

Die Stimme wiederholt die Informationen über die Leiter. Es scheint, als könnten wir nicht alle Sprossen betreten, weil einige fehlen. Wir müssen also nur gut aufpassen.

Wie viele Sprossen können die Kinder beim Herunterklettern betreten?

....

Die gesuchte Zahl befindet sich in der Überschrift eines Kapitels. Ab da geht die Geschichte weiter.

Brauchst du einen Tipp?
Dann entziffere die Spiegelschrift.

Tipp: Zeichne die Leiter auf.
Streiche dann die Sprossen durch,
die nicht mehr vorhanden sind.

Mit hundertdreizehn in die Freiheit

Schnell stellen wir das Zahlenschloss auf die richtigen Zahlen ein: 1 – 1 – 3. Und tatsächlich: Es lässt sich öffnen! Mila löst die Kette und Leonie öffnet das Tor. Rosalie locken wir weiter mit und sie läuft vertrauensvoll neben mir her.
Und erst in diesem Moment stellen wir fest, dass wir es geschafft haben. Kein dunkler Gang mehr, keine Geheimcodes, kein Schloss.
„Jaaaaa!“, schreie ich. „Wir sind frei!“
Es ist ein herrliches Gefühl, wieder draußen zu sein. Gemeinsam jubeln wir und klatschen einander ab. Wir haben toll zusammengearbeitet und konnten alle etwas zur Lösung beitragen.
„Ich bin richtig stolz auf uns!“, sage ich zufrieden.
Plötzlich bleibt Kadir stehen und schnuppert wie Rosalie. „Wisst ihr was?“, ruft er dann. „Es riecht nach …“
„Kakao!“, ergänzt Gustav den Satz.
Ich rieche es auch. Wir gehen dem Duft der heißen Schokolade nach.

Wir müssen um Annas Haus herumgehen, danach ein Stück durch den Garten und endlich, hinter einer Hecke sehen wir den schön gedeckten Geburtstagstisch. Zwischen den Hecken hängen bunte Girlanden und an den Bäumen bunte Luftballons. Voller Begeisterung laufen wir auf den Tisch zu. Nun kommen auch Mama und Anna aus dem Haus. Mama nimmt mich ganz fest in den Arm.

„Noch mal alles Gute zum Geburtstag, mein Schatz!“, ruft sie.

„Das habt ihr toll gemacht!“, lobt Anna.

Wir umarmen uns alle. Dann trinken wir die heiße Schokolade und ich darf die Kerzen auf meinem Geburtstagskuchen auspusten. Meinen Wunsch halte ich diesmal aber geheim.

„Ich habe sogar noch Eis für euch gemacht“, verkündet Anna fröhlich.

Und schon verschwindet sie im Haus und kommt kurze Zeit später mit einem Tablett wieder, auf dem fünf Eisbecher stehen.

„Wie lecker!“, rufe ich und will mir eins nehmen, aber Anna hält das Tablett hoch in die Luft.

„Nein, nein, so einfach geht das nicht. Zuerst müsst ihr erraten, welches Eis für euch gedacht ist.“ Sie zwinkert uns zu.

„Kadirs Eis steht zwischen Elifs und Milas.
Leonies Eisbecher befindet sich ganz rechts.
Mila bekommt das Eis mit den Schokolinsen.
Elifs Eis ist das größte von allen und das Eis, das dann noch übrig bleibt, ist für Gustav.“

Und wir hatten schon gedacht, wir hätten alle Rätsel gelöst. Wir müssen erst mal lachen. Aber dann diskutieren wir schon. Es wäre ja gelacht, wenn wir dieses Rätsel nicht auch noch lösen würden.

① ② ③ ④ ⑤

Welche Zahl hat Gustavs Eisbecher?

....

Die Zahl befindet sich in der Überschrift eines Kapitels.
Ab da geht die Geschichte weiter.

Brauchst du einen Tipp?
Dann entziffere die Spiegelschrift.

Tipp 1: Du hast schon viele Informationen.
Beginne in dem Rätsel bei Leonie.

Brauchst du noch einen weiteren Tipp?

Tipp 2: Wenn du Leonies Becher
gefunden hast, mache mit Elif weiter.

Rosalie will mit

„Rosalie, das ist aber ein schöner Name!“, rufe ich. „Guck mal, das sind meine Freunde Gustav, Mila und Leonie. Und das hier ist mein Bruder Kadir. Den kennst du ja noch, oder?“
Rosalie grunzt freundlich. Ich streichele ihr über das kurze, borstige Fell. Jetzt kommen auch die anderen auf Rosalie zu und trauen sich, das Schweinchen zu streicheln. Schließlich gehen wir zusammen zur anderen Seite des Geheges, wo sich der Ausgang befindet. Dabei rufen wir immer wieder Rosalies Namen, auf den sie wirklich zu hören scheint. Sie läuft ganz begeistert mit uns mit. Besonders mich scheint sie in ihr Herz geschlossen zu haben. Sie lässt mich nicht aus den Augen und schnuppert die ganze Zeit über an meinem Bein. Aber das stört mich nicht. Ich mag sie richtig gern.
Nun sind wir am Ende des Geheges angekommen. Es ist mit einem Gartentor verschlossen.

Aber natürlich ist es kein Gartentor, das wir jetzt einfach öffnen könnten. Es ist mit einer Kette gesichert, an der wiederum ein Zahlenschloss hängt. Ich drücke die Türklinke herunter und rüttele daran, obwohl ich natürlich schon vorher weiß, dass das nichts bringt.
„Oh nein!“, ruft Gustav unglücklich. „Jetzt müssen wir für immer hier bei Rosalie bleiben.“
Manchmal ist Gustav etwas zu dramatisch.
„So ein Unsinn“, sagt Kadir auch gleich. „Das ist ein 3-stelliges Zahlenschloss. Das kriegen wir doch raus. Die meisten Leute nehmen bei so was einfach 1 – 2 – 3.“

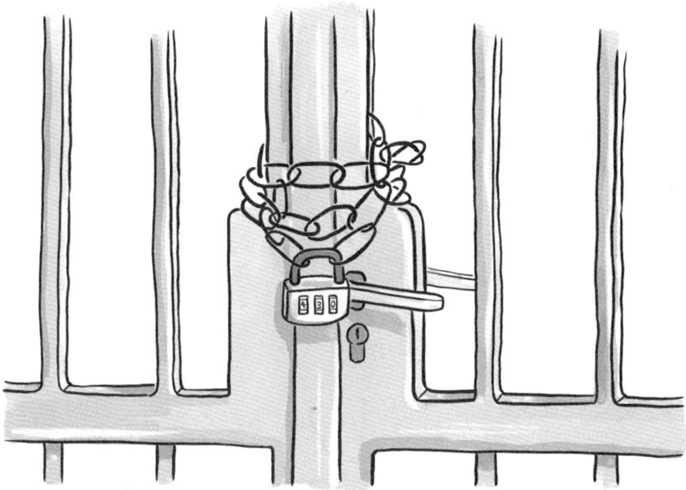

Wir stellen die Zahl an dem Schloss ein, aber leider öffnet es sich nicht.
„Probier mal 6 – 6 – 6“, schlägt Gustav vor.
„Oder 1 – 1 – 1“, füge ich hinzu.
Wir probieren verschiedene Zahlenreihen aus, aber wer das Schloss eingestellt hat, hat sich etwas Komplizierteres ausgedacht.
Rosalie steht neben mir, hat ihre wachen Augen auf mich gerichtet und beobachtet mich genau.
„Weißt du es etwa?“, frage ich sie lachend.
Und plötzlich fällt mir etwas auf. Hinter Rosalies schwarzer Ohrmarke am rechten Ohr befindet sich ein kleiner, eng zusammengefalteter Zettel.
„Was ist das denn?“, wundere ich mich.
„Na klar!“, ruft Leonie und schlägt sich gegen die Stirn. „Das ist bestimmt der Grund, warum wir Rosalie mitnehmen sollten!“
Auch Mila nickt begeistert: „Bestimmt steht auf dem Zettel der Code für das Zahlenschloss!“
Ich ziehe den Zettel hervor und falte ihn auseinander. Die stehen in einem kleinen Halbkreis um mich herum. Ich lese den Inhalt des Zettels für alle vor.

Eins steht zu hundert Prozent fest.
Ihr fünf kommt hier nur raus, wenn ihr
zwei und zwei zusammenzählen könnt.
Drei Ziffern müsst ihr dazu erraten.
Dann seid ihr frei. Viel Glück!

Wie heißt die Zahl?

....

Die Zahl befindet sich in der Überschrift eines Kapitels.
Ab da geht die Geschichte weiter.

Brauchst du einen Tipp?
Dann entziffere die Spiegelschrift.

Tipp 1: In dem Text verstecken sich viele Zahlwörter. Schreibe alle heraus. Was könnte man wohl damit machen?

Geradewegs durch die Luke

„Das muss es sein! Sucht nach der LUKE!“, ruft Mila aufgeregt.
Wie auf Kommando leuchten wir alle hektisch um uns herum. Und dann entdecken wir tatsächlich eine Luke an der Decke. Sie sieht aus wie eine Falltür. Leider ist die Decke aber so hoch, dass niemand von uns einfach so vom Boden aus herankommt.
„Wäre ja auch zu einfach gewesen“, schnaube ich. „Wie sollen wir da hinaufkommen?“
„Nichts leichter als das“, gibt Kadir zurück.
Er stellt sich nun breitbeinig hin und formt seine Hände zu einer Räuberleiter. „Klettere einfach auf meine Schultern!“
Dass ich da nicht selbst drauf gekommen bin! Diesen Trick haben wir beide schon ganz oft ausprobiert, wenn wir zu Hause Zirkus gespielt haben. Ich grinse Kadir an, setze dann mein rechtes Bein in seine Hände und hole ordentlich Schwung.

Die anderen halten mich zunächst noch fest, weil sie Angst haben, dass ich hinfallen könnte. Aber das ist gar nicht nötig, denn ich kann es noch sehr gut. Wie eine Zirkustänzerin stehe ich mit einem Bein auf Kadirs Handflächen. Dann atme ich einmal tief durch und steige auf seine Schultern. Jetzt kommt mir die Decke gar nicht mehr hoch vor und so kann ich auch die Luke gut erreichen.

Ich strecke mich und schaffe es, die Luke aufzudrücken. Langsam und knarrend öffnet sie sich. Das hört sich ganz schaurig an. Sofort überzieht eine Gänsehaut meinen ganzen Körper. „Gleich fällt bestimmt ein Skelett vor deine Füße“, murmelt Mila.

Das hätte sie besser nicht sagen sollen, denn nun kriege ich tatsächlich etwas Angst. So schnell ich kann, springe ich von Kadirs Schultern. Dann schauen wir alle nach oben. Über uns hat sich nun ein Raum geöffnet und natürlich ist klar, dass es genau dort weitergehen muss. Irgendwie müssen wir also alle dorthin gelangen.

„Und wenn da wirklich ein Skelett liegt?“, flüstert Gustav ängstlich.

Kadir schüttelt lächelnd den Kopf. „Also, das hier ist schließlich immer noch ein Kindergeburtstag. Da liegt bestimmt kein Skelett herum. Das würde Anna nicht machen, keine Sorge.“

Gustav nickt. Er sieht etwas blass aus.

„Wir sollten uns jetzt lieber Gedanken darüber machen, wie wir da hochkommen“, gibt Leonie zu bedenken.

„Ich sollte vielleicht noch einmal in den Raum schauen", schlage ich vor. „Vielleicht sehe ich dort ja etwas, was uns weiterhelfen könnte." Die anderen sind einverstanden und so macht Kadir mir noch einmal eine Räuberleiter und lässt mich auf seine Schultern steigen. Diesmal ziehe ich mich ein Stück am Rahmen der Luke hoch. Leider muss ich auch noch ein bisschen an diese blöde Geschichte mit dem Skelett denken und merke, wie mein Herz deswegen klopft. Natürlich hat Kadir Recht und Anna würde hier kein Skelett verstecken. Aber warum musste Mila bloß davon anfangen? Jetzt bekomme ich den Gedanken nicht aus dem Kopf.

Ich kann nicht viel erkennen, außer dass von irgendwoher ein Licht flackert. Auch das finde ich wiederum unheimlich. Plötzlich sehe ich ein Seil, das direkt am Rand der Luke liegt. Noch weiß ich nicht, ob es uns weiterhelfen kann, aber ich ziehe einfach mal daran. Es stellt sich heraus, dass das Seil an einem Haken am Holzrahmen der Bodenluke befestigt ist. Durch das Ziehen fällt nun das eine Ende des Seils nach unten, den anderen direkt vor die Füße.

Die schreien erschrocken auf. Damit hatten sie natürlich nicht gerechnet. Ich lasse mich wieder auf Kadirs Schulter absinken, springe herunter und lande zwischen den anderen.
„Ich glaube, das ist ein Kletterseil“, erkläre ich. „Aber ich weiß nicht, ob uns das weiterhelfen kann ...“
Schon unterbricht mich Gustav, der freudig in die Hände klatscht: „Natürlich kann uns das helfen! Wir klettern jetzt einfach alle am Seil hoch in den Raum.“
Na, der hat Nerven. Als ob das so einfach wäre! Seilklettern finde ich richtig schwierig und ich weiß, dass es Kadir genauso geht.

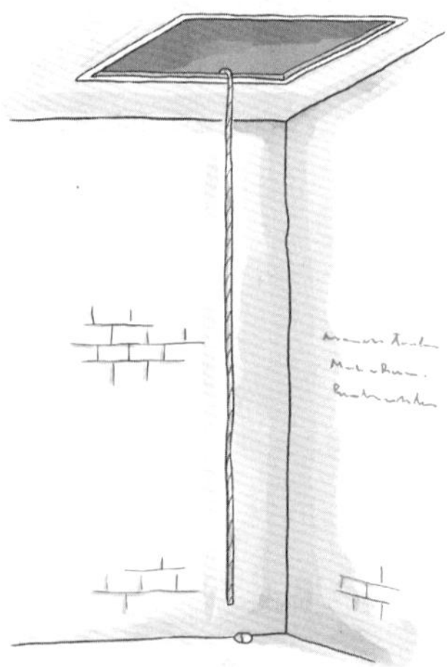

„Bei mir wird das nichts“, sagt Kadir auch sofort. „Ich bin zwar kräftig, aber im Klettern bin ich leider gar nicht gut.“

Auch Mila gibt zu, dass sie das Seil nicht hochklettern kann. Als Leonie und ich ebenfalls entschieden den Kopf schütteln, lässt Gustav die Schultern hängen.

„Dann sind wir wirklich verloren“, seufzt er. „Ich gehe nämlich ganz bestimmt nicht allein.“

Aber im Grunde muss er das ja auch nicht. „Wir können es doch so machen wie Kadir und Elif und uns gegenseitig hochheben“, schlägt da Leonie vor.

Das klingt erst mal gut, aber sofort stellen wir fest, dass es doch etwas schwieriger wird.

„Also, ich bin ziemlich schwer“, grübelt Kadir. „Ich brauche bestimmt zwei Kinder, die mich auf die Schultern nehmen. Am besten die beiden, die nach mir am größten sind, also Leonie und Mila.“

„Ich bin durch meine Größe auch nicht ganz so leicht“, meint Leonie. „Mich müssen bestimmt auch zwei Leute auf ihre Schultern nehmen.“ Sie sieht sich um. Ihr Blick bleibt an Mila hängen. „Aber auf jeden Fall soll Mila mich mit hochheben. Ihr vertraue ich am meisten.“

„Ich sehe zwar ziemlich klein und dünn aus“, meldet sich Gustav nun. „Aber eigentlich bin ich ziemlich stark. Ich mache Judo und da trainieren wir 3-mal die Woche. Ich glaube, dass ich bestimmt Mila oder Elif hochheben kann.“

„Das ist doch super!“, sage ich hoffnungsvoll. Aber Mila winkt ab.

„Seid mir nicht böse“, meint sie. „Aber ich möchte auch lieber von zwei Personen auf die Schultern genommen werden. Sonst fühle ich mich nicht so sicher.“

„Ist doch okay. Das müssten wir eigentlich hinkriegen“, überlegt Leonie. „Gustav kann auf jeden Fall bis zuletzt bleiben. Er kann ja am Seil hochklettern.“

Gustav nickt. Wir schauen uns alle an und seufzen tief durch. Es ist gar nicht so leicht, die richtige Reihenfolge herauszufinden.

Wer klettert an 3. Stelle durch die Luke?

....

Der Name des gesuchten Kindes befindet sich in der Überschrift eines Kapitels. Ab da geht die Geschichte weiter.

Brauchst du einen Tipp?
Dann entziffere die Spiegelschrift.

Tipp 1: Du weißt schon, wer als letztes nach oben klettert. Schreibe auf, wer wen auf die Schulter nehmen kann.

Brauchst du noch einen weiteren Tipp?

Tipp 2: Kadir wird zuerst nach oben gebracht.

Es geht rechts ab

Wir entscheiden uns also für den rechten Weg. Zuerst können wir noch problemlos zu zweit nebeneinandergehen, dann aber wird der Weg schmaler und schmaler. Es bleibt uns nichts anderes übrig, als im Gänsemarsch weiterzumarschieren. Die Luft ist stickig und warm. Oder bilde ich mir das nur ein? Ich habe das Gefühl, nur noch schwer atmen zu können. Wenn es bloß nicht so dunkel wäre! Wir haben zwar unsere Taschenlampen, aber sie nutzen in dem engen Gang wenig. Ich leuchte eigentlich nur gegen Leonie. Die geht nämlich ganz vorn. Ich versuche immer mal wieder, an ihr vorbeizuschauen.

Es sieht so aus, als ob uns der Weg durch den Steinbruch führt. Die Wände sind felsig und manchmal ragen ein paar Steine ein kleines Stück heraus.

Obwohl ich Annas Haus kenne, kann ich gerade überhaupt nicht sagen, wo genau wir uns befinden. Ich weiß nur, dass wir irgendwo unterhalb ihres Hauses sind.

„Au, Mist!“, ruft Kadir plötzlich.
Er ist mit seinem Kopf gegen einen Felsvorsprung gestoßen, den er in der Dunkelheit übersehen hat.
„Das gibt bestimmt eine dicke Beule“, vermutet Mila.
Kadir flucht lauter. Jetzt bleibt Leonie stehen und leuchtet mit ihrer Taschenlampe herum.
„Alles gut“, bemerkt sie. „Der Gang wird wieder breiter.“ Wir sind alle erleichtert. Der Gang ist jetzt tatsächlich so breit, dass wir alle wieder nebeneinanderstehen können. Allerdings gibt es ein neues Problem, das viel schlimmer ist.
„Na, prima. Hier geht es jedenfalls nicht weiter“, bemerkt auch Gustav.
Eine dicke Felswand ragt direkt vor uns auf.
Es geht nicht mehr weiter.
„Was soll das denn jetzt?“, regt sich Mila auf.
„Wir haben doch das Rätsel gelöst! Warum kommen wir trotzdem nicht weiter?“
Wir anderen sind auch ratlos. Eigentlich muss dieser Weg stimmen, das Rätsel war eindeutig.

Wir leuchten die Wand ab, in der Hoffnung, dort irgendetwas zu finden. Da fällt mir etwas auf: Wenn man den Felsen von der Seite mit der Taschenlampe beleuchtet, kann man eine Schrift erkennen.

„Leute, guckt mal!“, rufe ich. „Da steht etwas!“ Nun richten auch die anderen ihre Taschenlampe gegen die Wand. Gemeinsam versuchen wir, den Text zu lesen. Aber keine Chance.

„Den Anfang verstehe ich natürlich“, grübelt Leonie. „Aber was bedeutet wohl der letzte Satz?“

„Das ist bestimmt wieder irgendeine verschlüsselte Nachricht. Irgendein Code oder so“, vermutet Mila.

Aber wie entschlüsseln wir die Botschaft?

Wie lautet die verschlüsselte Botschaft?

Was ist das Lösungswort?

....

Das Lösungswort befindet sich
in der Überschrift eines Kapitels.
Ab da geht die Geschichte weiter.

Brauchst du einen Tipp?

Dann lies die Spiegelschrift.

Tipp 1: Bei dem Code steht jeder Buchstabe für einen anderen Buchstaben. Könnte es etwas mit dem Abc zu tun haben …?

Brauchst du noch einen weiteren Tipp?

Tipp 2: Der Code folgt dem Muster A = B, B = C …

Taschenlampen leuchten den Weg

„Das verstehe ich nicht! Wo sollen denn hier Taschenlampen sein?“, ruft Leonie verärgert. Es ist schon wieder dunkel geworden, aber ich kann spüren, wie sie sich nach allen Richtungen umschaut. Auch wenn es schon wieder finster ist, habe ich keine Angst mehr. Ich habe das sichere Gefühl, dass wir auf der richtigen Spur sind. „Kommt, wir gehen mal ein kleines Stück weiter“, schlage ich vor. „Irgendwo hier finden wir bestimmt Taschenlampen, sonst ergibt die Lösung keinen Sinn.“ „Okay, aber wir müssen vorsichtig sein“, warnt Gustav. Wir halten uns also alle an den Händen, damit im Dunkeln niemand verloren geht. Behutsam setzen wir einen Fuß vor den anderen. Plötzlich fühle ich etwas Rundes, Hartes unter meinem Fuß. Ich bücke mich und taste nach dem Gegenstand, auf den ich getreten bin. Sollte das etwa schon eine Taschenlampe sein?

Ich taste den Gegenstand ab, suche nach einem Schalter und tatsächlich ...

„Ahhh!“, schreit Leonie laut und kneift die Augen zusammen.

Ich habe ihr nämlich mit der Taschenlampe mitten ins Gesicht geleuchtet. Schnell drehe ich die Taschenlampe so, dass ich in eine andere Richtung leuchte. Dann taste ich mit dem Lichtschein den Raum ab, in dem wir stehen. Es handelt sich um einen großen Kellerraum. An den Wänden stehen Regale mit Konserven, Marmeladen und ein paar Getränken.

Irgendwie finde ich das ganz beruhigend. „Wenn wir hier nicht mehr herausfinden, haben wir wenigstens genug zu essen“, witzele ich und leuchte dabei die Regale an.
„Oh, ich sehe noch mehr Taschenlampen!“, stellt Mila plötzlich fest.
Und tatsächlich. In einem anderen Regal liegen vier weitere Taschenlampen. Jetzt haben wir alle eine und natürlich wird es dadurch gleich viel heller. Plötzlich fühlen wir uns alle besser. Es ist nun einfach, aus dem Raum hinauszufinden.
Wir gehen einen langen Gang entlang, der sich am Ende in drei Wege teilt. Wir bleiben stehen und überlegen, welchen Weg wir wählen sollen. Der eine Weg führt eine Treppe hinunter in einen tieferen Kellerraum, ein anderer geht weiter geradeaus, aber er wird schmaler und steinig. Und dann gibt es noch einen 3. Weg, der nach rechts führt. Leider ist er aber ganz dunkel.
„Also, welchen Weg nehmen wir?“, fragt Leonie. Aber wir haben ja auch keine Ahnung.

„Vielleicht sollten wir uns aufteilen“, schlage ich vor.

Doch die anderen wollen das nicht. Sie fühlen sich sicherer, wenn wir zusammenbleiben. Und im Grunde geht es mir genauso. Wir leuchten mit den Taschenlampen um uns herum.

„Schaut mal, was ist das denn?“, ruft Kadir plötzlich. „Unter dem Stein hier liegen fünf kleine Zettelchen!“

Er hebt den Stein hoch, nimmt die Zettel und reicht sie uns. Es gibt eine Botschaft für jedes Kind.

Welcher Weg ist richtig?

....

Das Lösungswort befindet sich in der Überschrift eines Kapitels. Ab da geht die Geschichte weiter.

Brauchst du einen Tipp?
Dann entziffere die Spiegelschrift.

Tipp: Trage dir deine Informationen in eine Tabelle ein. Schreibe so:

links	geradeaus	rechts

Schwein gehabt

Gustav, Leonie und Mila sehen ratlos aus. „Ein Schwein?“, wundert sich Leonie. „Was für ein Schwein sollen wir denn mitbringen?“ Kadir und ich wissen dagegen gleich Bescheid. „Anna hat tatsächlich ein Schwein“, erkläre ich den anderen. „Das ist bestimmt gemeint.“ Kadir nickt. Wir wissen nur nicht, wo das Schwein ist. Aber das lässt sich sicher herausfinden. Ich öffne die linke Tür und schaue, was sich dahinter verbirgt. Von der Tür aus geht eine Leiter in die Tiefe. Von einem Schwein ist aber nichts zu sehen. „Das war bestimmt die falsche Tür“, bemerkt Gustav und schüttelt den Kopf. Leonie geht entschieden zur anderen Tür und öffnet sie. Ein würziger Geruch kommt uns entgegen. Das kommt mir sehr bekannt vor. „Es riecht definitiv nach Schweinestall“, stellt Leonie fest und fügt noch hinzu: „Und es sieht auch so aus. Aber ich sehe kein Schwein.“ Wir gehen zu ihr und schauen hinaus. Die Tür führt direkt nach draußen.

Hier gibt es keine Leiter, aber es geht auch nicht besonders tief nach unten. Dort befindet sich dann das Schweinegehege.

„Prima. Dann haben wir eigentlich gar kein Problem“, meint Kadir. „Wir springen von hier aus in das Gehege und gehen bis zum Ausgang auf der anderen Seite.“

Mila schüttelt entsetzt den Kopf. „Nie im Leben! Ohne mich, Leute.“ Sie schaut mich mit großen Augen an. „Wirklich! Ich habe Angst vor Schweinen. Ich glaube, die können einen auffressen!“

„Mila“, gebe ich zurück. „Das glaubst du doch selbst nicht. Außerdem hat Anna auch bloß ein Minischwein. Und wie du siehst, ist es noch nicht einmal da.“

Doch kaum habe ich den Satz gesagt, kommt das Schwein aus seinem Häuschen gelaufen.

Es kommt nun genau in unsere Richtung gerannt und schaut zu unserer Tür hinauf. Dabei öffnet es seinen feuchten Rüssel und grunzt zufrieden. „Also, ich finde das Schwein süß“, kichert Leonie. Aber Gustav ist anderer Meinung.

„Leute, ich bin da auch raus!“, winkt er ab. „Ich glaube zwar nicht, dass es mich fressen wird, aber ich mag diesen feuchten Rüssel nicht. Und ich möchte nicht, dass es an mir herumschnüffelt.“

Mila nickt. Sie ist ganz seiner Meinung. „Und guckt euch doch mal diese spitzen Zähne an. Die sind mir nicht geheuer! Außerdem möchte ich nicht springen.“

Also gut, dann muss für die beiden wohl eine andere Lösung her. Plötzlich hat Leonie eine Idee.

„An der anderen Tür war doch eine Leiter“, meint sie. Wir nicken. „Die können wir nehmen und sie von dieser Tür bis zu dem Häuschen des Schweins hinüberschieben. Und dann klettert ihr auf der Leiter entlang hinüber.“

„Aber dann sind wir doch erst auf dem Häuschen“, wendet Gustav ein.

„Dort macht ihr einfach eine kurze Pause“, fährt Leonie fort. „Das Häuschen ist ja groß genug für euch beide. Dann kommen wir dazu, schieben die Leiter weiter vom Häuschen bis zum Ausgang und ihr klettert darüber bis zum Ausgang. So berührt euch das Schwein nicht und ihr müsst keine Angst haben.“

Wir schauen einander nachdenklich an. Eigentlich klingt diese Idee ganz gut. Zumindest könnten wir es einmal versuchen.

Leonie und Kadir machen einen kleinen Test und schieben die Leiter bis zum Häuschen. Sie liegt ganz fest auf. Ich bin mir sicher, dass sie halten wird. Mila oder Gustav könnten also den Anfang machen. Aber wer geht zuerst? Die beiden spielen Schnick, Schnack, Schnuck – und Mila verliert. Das bedeutet, dass sie zuerst gehen muss. Ich kann ihr ansehen, dass sie ein bisschen Angst hat. Aber sie atmet tief durch und macht es trotzdem. Vorsichtig setzt sie einen Fuß nach dem anderen auf die Leiter. Dann krabbelt sie langsam vorwärts. Das Schwein findet es sehr spannend und läuft direkt unter ihr mit.

Als Mila schon fast am Häuschen angekommen ist, hält sie plötzlich an und schaut unter sich. Das Schwein ist genau unter ihr und blickt zu ihr hoch. „Weiter, Mila!“, will ich noch rufen, aber ich komme nicht dazu. Mila verliert den Halt, rutscht zwischen den Sprossen ab, schreit und fällt direkt vor das Schwein. Das sieht ganz verwundert aus und kommt Mila langsam näher. Jetzt ist es mit seinem Rüssel direkt an ihrem Ohr und gibt ein lautes Grunzen von sich. Wir halten die Luft an.
Mila schreit erschrocken auf.
„Oh nein! Hilfe! Es will mich beißen!“

Natürlich will das Schwein sie nicht beißen, sondern ist einfach nur neugierig. Aber ich kann nicht mit ansehen, dass Mila Angst hat. So schnell ich kann, schnappe ich mir noch einen Apfel vom Tisch und laufe damit zur Tür zurück. Dann springe ich mit einem gewaltigen Satz mitten in das Gehege des Minischweins. Es zuckt zusammen und dreht sich nach mir um.
„Hier, guck mal, was ich für dich habe“, rufe ich und halte den Apfel in seine Richtung. Das Minischwein grunzt begeistert, läuft auf mich zu und ruckzuck ist der Apfel weg. Danach dreht sich das Schwein zu mir um und möchte sich offenbar bedanken. Jedenfalls bekomme einen feuchten Kuss mit dem nassen Rüssel. Das kitzelt sehr und ich muss schrecklich lachen.
„Seht ihr, das Schwein tut niemandem etwas“, erkläre ich. „Es ist sogar richtig lieb.“
Die anderen sind zunächst noch unsicher, aber schließlich trauen sie sich ebenfalls zu mir ins Gehege. Auch Gustav springt wie die anderen nach unten. Das Schwein scheint es aufregend zu finden, denn es beschnüffelt einen nach dem anderen.

„Wisst ihr eigentlich, wie das Schwein heißt?“, will Gustav wissen. „Schließlich müssen wir es laut der Nachricht auf der Serviette ja mitnehmen. Und wenn wir wissen, wie es heißt, können wir es vielleicht mit uns locken.“

Gustav hat Recht. Allerdings kennen weder Kadir noch ich den Namen.

„Sicher gibt es hier Hinweise“, meint Kadir und wir schauen uns im Gehege um.

Welchen Namen hat das Schwein?

....

Der Name befindet sich in der Überschrift eines Kapitels. Ab da geht die Geschichte weiter.

Brauchst du einen Tipp?

Tipp: Schau dir das Bild genau an. Der Name steht auf verschiedenen Gegenständen. Füge die einzelnen Buchstaben zusammen.

Wir geben aufeinander acht

Wir passen alle beim Herunterklettern gut auf und dann ist es auch eigentlich gar nicht so schwierig. Bald sind wir alle im Brunnenschacht angekommen. Hier ist es leider ziemlich dunkel – bis auf eine Glühbirne an der Decke, die etwas Licht wirft. Eigentlich ist das nicht so schlimm, denn ich weiß ja, dass ich keine Angst haben muss. Anna hat sich all diese Spiele und Rätsel für uns ausgedacht und sie würde nichts Gefährliches machen. Aber mein Herz klopft trotzdem furchtbar. Ich bin sicher, dass es den anderen genauso geht wie mir. Mila fasst meine Hand und ich fühle, dass ihre Hand eiskalt ist. Gustav steht dicht neben mir und ich kann sehen, dass er zittert.

„Wie geht es denn jetzt weiter?“, will er wissen.

„Keine Ahnung“, will ich gerade antworten.

Doch plötzlich beginnt die Glühbirne an der Decke, zu zucken. Sie geht an und wieder aus. Und dann ist es mit einem Mal stockfinster.

„Hilfe!“, ruft ausgerechnet Kadir. Der ist eigentlich immer ziemlich mutig. Wenn er schon Angst hat, beruhigt mich das nicht gerade. Tatsächlich bilden sich bei mir Schweißperlen auf der Stirn. Dabei ist es eigentlich ganz kalt hier unten.

Zum Glück beginnt die Glühbirne in dem Moment, wieder zu leuchten. Wir stellen allerdings fest, dass sie nicht so leuchtet wie eine normale Glühbirne, sondern in einem merkwürdigen Rhythmus. Dabei geht sie mal an und mal aus.

„Ich glaube, die Lampe will uns etwas sagen“, vermutet Mila.

„Mal kurz, mal lang“, murmelt Kadir. „Das ist ja komisch.“

Kurz darauf bleibt die Glühbirne plötzlich wieder dunkel und wird bekommen erneut etwas Angst.

„Ich finde das echt gruselig“, wispert Gustav mit zittriger Stimme.

Zum Glück haben wir Leonie, die ganz ruhig bleibt und gar keine Angst zu haben scheint.

„Das waren doch ganz bestimmt irgendwelche Blinkzeichen“, sagt sie zu uns. „Die haben sicherlich etwas zu bedeuten und wir müssen herausfinden, was.“

„Und wie?“, will Mila wissen. Ihre Stimme klingt sehr ängstlich.

Da fällt mir etwas ein.

„Es könnten Morsezeichen sein“, überlege ich. Davon habe ich in meinen Rätselbüchern gelesen. Ich weiß, dass man mit Morsezeichen eine Nachricht senden kann, ohne Sprache oder Buchstaben zu benutzen. Das geht zum Beispiel mit Klopfzeichen … oder eben auch mit Licht.

Genau in diesem Moment beginnt die Glühbirne wieder, zu blinken. Unentwegt blinkt sie weiter, mal länger, mal kürzer.

„Kennt sich denn jemand mit dem Morsealphabet aus?“, will Leonie wissen. „Dann könnten wir herausfinden, was die Lampe uns sagen will.“
Kadir brummt etwas genervt: „Der Brunnen redet, die Lampe will uns etwas sagen. Ich glaube, ich drehe gleich durch.“
Doch mir fallen plötzlich einige Zeichen auf, die in den Boden geritzt wurden. Wenn die Glühbirne blinkt, kann man sie deutlich erkennen. Das gibt es doch nicht! Das ganze Morsealphabet ist abgebildet.

A	• –	J	• – – –	S	• • •
B	– • • •	K	– • –	T	–
C	– • – •	L	• – • •	U	• • –
D	– • •	M	– –	V	• • • –
E	•	N	– •	W	• – –
F	• • – •	O	– – –	X	– • • –
G	– – •	P	• – – •	Y	– • – –
H	• • • •	Q	– – • –	Z	– – • •
I	• •	R	• – •		

Das ist einfach nur genial!
„Guckt mal!“, rufe ich den anderen zu. „Hier finden wir das ganze Alphabet. A bedeutet einmal kurz, einmal lang. Für ein B wird einmal lang und 3-mal kurz geblinkt …“
Nun kommen die anderen zu mir.
„Dann müssen wir uns jetzt noch irgendwie merken, welche Morsezeichen die Glühbirne sendet“, überlegt Gustav.
In dem Moment wird es wieder dunkel, aber nun wissen wir ja schon, was passiert.
„Bestimmt geht es gleich wieder von vorn los“, sagt da auch Kadir.
Und tatsächlich, nach der kurzen Dunkelheit beginnt die Glühbirne erneut, zu blinken.
„Wir sollten das schnell aufschreiben!“, ruft Gustav und schnappt sich einen Stock.
Der Boden ist sandig und so kann er die Zeichen mit dem Stock schnell mitschreiben.
Er malt einen Punkt für ein kurzes Leuchten und einen Strich für ein langes Blinken. Schließlich hat er alle Zeichen aufgeschrieben. Wir stellen uns im Halbkreis um ihn und versuchen, herauszufinden, was die Lampe da gemorst hat.

–   •–   •••   –•–•

••••   •   –•   •–••

•–   ––   •––•   •   –•

Wie heißt das Lösungswort?

....

Das Lösungswort befindet sich
in der Überschrift eines Kapitels.
Ab da geht die Geschichte weiter.

Brauchst du einen Tipp?
Dann entziffere die Spiegelschrift.

Tipp 1: Vergleiche die Blinkzeichen
mit dem Morsealphabet.

Brauchst du noch einen weiteren Tipp?

Tipp 2: Der 1. Buchstabe ist ein T.

Mila puzzelt

Es dauert eine ganze Weile, aber schließlich sind wir alle oben angelangt. Es ist irgendwie witzig und wir lachen dabei viel. Zuletzt stehen wir gemeinsam um die Luke herum und schauen zu, wie Gustav am Seil zu uns hochklettert. Er macht das richtig gut. Dann sind wir endlich wieder zusammen. Dieser Raum ist immerhin ein wenig heller als der Gang, in dem wir eben noch gestanden haben. Ich habe ja schon vorhin gesehen, dass von irgendwoher Licht kommt. Jetzt stellen wir fest, dass es aus einer bestimmten Ecke des Raumes leuchtet. Kadir ist der Erste, der dort hinläuft.
„Wow!“, ruft er plötzlich begeistert. „Endlich gibt es was zu futtern!“
Und tatsächlich: Das Licht aus der Ecke kommt von einer Kerze. Und diese steht auf einem kleinen Geburtstagstisch, der für uns gedeckt wurde. Ich merke, dass ich auch hungrig bin. Und die Pause haben wir uns nach allem, was wir bisher erlebt haben, auch wirklich verdient.

Auf dem Tisch stehen eine große Flasche Wasser, fünf Gläser und eine große Schale mit Obst. Zufrieden lassen wir uns alle auf die Stühle fallen und atmen einmal tief durch.

„Ich habe einen Bärenhunger“, gesteht Leonie. „Rätselraten ist doch anstrengender, als ich dachte.“

So geht es uns allen: Wir sind hungrig und ein bisschen erschöpft.

Wir greifen alle beherzt zu und das Obst gibt uns wirklich neue Energie. Außerdem prosten wir uns mit unseren Wassergläsern zu und kichern dabei. Am Ende bleiben nur ein paar Äpfel übrig. Dann stehen wir auf – es geht weiter.
„Denk daran, noch die Kerze auszupusten", erinnert mich Mila. „Und dann kannst du dir auch etwas wünschen."
Ich stelle mich vor die Kerze und schließe die Augen.
„Ich wünsche mir, dass wir alle Rätsel lösen können und bald hier herausfinden", flüstere ich. Dann beuge ich mich über die Kerze und will sie auspusten.
„Oh nein!", ruft Leonie entsetzt. „Du darfst deinen Wunsch doch nicht laut sagen!"
„Wieso denn das nicht?", frage ich.
„Man muss leise wünschen, sonst geht es nicht in Erfüllung", erklärt Mila.
Erschrocken ziehe ich die Luft ein.
„Na toll, das wusste ich gar nicht", jammere ich. „Warum sagt ihr mir das denn erst jetzt?"
Ich schaue mich kurz um.

„Wisst ihr was? Ich glaube, wir brauchen meinen Wunsch gar nicht. Es geht bestimmt da weiter“, sage ich und deute auf eine Wendeltreppe vor uns.
Hintereinander gehen wir die Wendeltreppe hinauf. Am Ende der Treppe befindet sich eine Tür.
„Dahinter wartet bestimmt die Freiheit auf uns!“, jubelt Kadir.
„Aber vielleicht auch nicht“, überlegt Gustav und deutet auf eine 2. Tür etwas weiter rechts.
Zwei Türen – zwei Wege. Schon wieder müssen wir uns entscheiden. Wie sollen wir diesmal wissen, welcher Weg der richtige ist? Zettel sehe ich jedenfalls nicht und auch keine anderen Geheimbotschaften.
„Ich esse erst mal noch einen Apfel“, murmelt Gustav. „Dann kann ich besser denken.“
Damit geht er zurück zum Tisch und nimmt sich noch einen Apfel vom Obstteller. Dann ruft er plötzlich aufgeregt: „Guckt mal! Auf der Serviette steht etwas! Und hier liegt eine Schere!“
Die Serviette lag unter dem Obst. Kleine Puzzleteile sind darauf abgebildet. Außerdem lag offenbar noch eine Schere unter dem Obstteller.

Beides ist uns vorher nicht aufgefallen. Gut, dass Gustav noch einmal zurückgegangen ist.

Auf jedem Puzzleteil auf der Serviette steht ein Buchstabe und daneben ein Satz.

„Bringt das …………………………… mit“, liest Kadir vor.

Dann betrachten wir alle die Puzzlesteinchen.

„Bestimmt ergeben die Buchstaben genau das Wort, das wir in den Satz einfügen sollen“, überlegt Mila.

Wir schneiden erst einmal alle Puzzleteile mit der Schere aus. Dann puzzelt Mila hin und her, aber wir können kein Wort daraus legen. Irgendetwas stimmt nicht an den Buchstaben.

Da überlegt Leonie plötzlich: „Vielleicht brauchen wir für das Wort ja gar nicht alle Buchstaben!“

Welches Wort wird gesucht?

....

Das Lösungswort befindet sich in der Überschrift eines Kapitels. Ab da geht die Geschichte weiter.

Brauchst du einen Tipp?
Dann entziffere die Spiegelschrift.

Tipp 1: Zwei Buchstaben sind zu viel.
Die musst du aussortieren.

Brauchst du noch einen weiteren Tipp?

Tipp 2: Die Buchstaben ergeben ein Tier.

Elif – eine Eins im Rätseln!

Natürlich sind wir inzwischen richtige Rätsel-Profis und haben schnell die richtigen Eisbecher gefunden. Wir futtern genüsslich unser Eis. Danach kann endlich die Party beginnen. Auch wenn es uns viel länger vorkam: Wir haben nicht einmal zwei Stunden gebraucht und haben damit noch genug Zeit zum Feiern. Anna hat eine tolle Kinderdisco vorbereitet und lässt coole Musik laufen. Ich tanze mit Kadir, Leonie, Mila und Gustav. Mit dem tanze ich sogar besonders lange. Zwischendurch spielen wir Spiele und werden dabei richtig albern. Wir spielen sogar Kinderspiele wie Topfschlagen. Ich darf beim Topfschlagen die Erste sein. Leonie verbindet mir mit einem Tuch die Augen, Mila dreht mich so lange im Kreis herum, bis ich nicht mehr weiß, wo ich bin. Dann drückt mir Gustav einen Kochlöffel in die Hand. Ich schwanke kurz ein bisschen hin und her und krabbele dann quer durch den Garten, um den Topf zu suchen.

Die anderen helfen mir, indem sie „Kalt!“, „Eiskalt!“, „Wärmer!“, „Wärmer!“ und schließlich „Heiß!“ rufen. Dann endlich habe ich den Topf gefunden. Ich schlage wie wild mit dem Kochlöffel darauf, reiße mir dann das Tuch von den Augen und drehe den Topf voller Spannung um.
Und was liegt darunter? Natürlich: Ein letzter Brief in Geheimschrift!

EINLA DUNGZ URNÄCHS TENES

CAPEROOMP ART Y ZUAN NASGE

BURTST AG

Entziffere die Geheimschrift.

Brauchst du einen Tipp?
Dann entziffere die Spiegelschrift.

Tipp: Die Wörter sind
an der falschen Stelle getrennt.

Begeistert falle ich Anna in die Arme. „Ist das wahr? Es gibt wieder eine Escape-Room-Party bei dir?“, frage ich sie. „Darf ich dann die anderen auch wieder mitbringen?“ „Natürlich. Das musst du sogar“, sagt Anna, und wir tanzen vor Freude.

Okay, die Rätsel für den Escape-Room zu lösen, war gar nicht so einfach, und manchmal hatten wir auch ein bisschen Angst oder sogar richtig heftiges Herzklopfen. Aber es war trotzdem die wundervollste und spannendste Geburtstagsparty aller Zeiten. Ganz sicherlich werde ich diesen Tag nicht vergessen. Und den anderen geht es bestimmt genauso.

Lösungen

Hier findest du die Lösungen und Erklärungen zu allen Rätseln. Aber: Nicht schummeln! Versuche erst, die Rätsel allein zu lösen. Wenn du nicht weiterkommst, lies erst einmal den Tipp.

Die Feier beginnt | S. 17

Die Leiter hat insgesamt 13 Sprossen. Das weißt du, weil dort steht: „(...) in der Mitte der Leiter, auf der 7. Sprosse (...)". Wenn du dann alle Sprossen durchstreichst, die fehlen, bleiben acht Sprossen übrig.

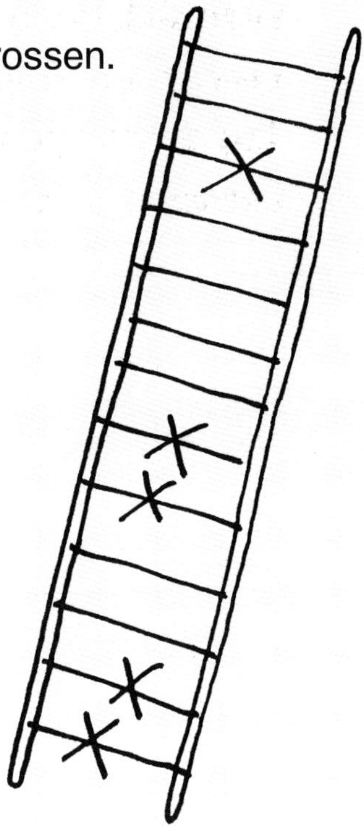

LÖSUNG: **Die Kinder betreten beim Herunterklettern acht Sprossen.**

Wir geben aufeinander acht | S. 56

–	T
• –	A
• • •	S
– • – •	C
• • • •	H
•	E
– •	N
• – • •	L
• –	A
– –	M
• – – •	P
•	E
– •	N

LÖSUNG: **Taschenlampen**

➔ Taschenlampen leuchten den Weg | S. 42

links	geradeaus	rechts
Treppe	schmal und steinig	dunkel

Der linke Weg kann nicht richtig sein. Auf Elifs Zettel steht: „Der richtige Weg hat keine Treppen."

Der Weg geradeaus kann nicht richtig sein. Auf Kadirs Zettel steht: „Der mittlere Weg bringt dir kein Glück." Und auf Gustavs Zettel steht: „Der steinige Weg führt dich nicht weiter."

Es bleibt nur der rechte Weg übrig. Dazu passt Leonies Zettel: „Fürchte dich nicht vor der Dunkelheit."

LÖSUNG: **rechts**

Es geht rechts ab | S. 37

Der Code folgt dem Muster A=B, B=C usw.

Daraus ergibt sich:

Rtbgs mzbg cdq KTJD.

Sucht nach der LUKE.

LÖSUNG: **Luke**

Geradewegs durch die Luke | S. 33

1. Leonie und Elif heben Kadir hoch.
2. Mila und Elif (oder Gustav) heben Leonie hoch.
3. Elif und Gustav heben Mila hoch.
4. Gustav hebt Elif hoch.
5. Gustav klettert am Seil hoch.

LÖSUNG: **Mila ist das 3. Kind, das hochgehoben wird.**

Mila puzzelt | S. 62

Die Buchstaben T und V sind zu viel. Die anderen Buchstaben ergeben in der richtigen Reihenfolge das Lösungswort.

LÖSUNG: **Schwein**

Schwein gehabt | S. 50

Der Name steht auf verschiedenen Gegenständen im Gehege. Richtig zusammengesetzt, kannst du ihn erkennen.

LÖSUNG: **Rosalie**

Rosalie will mit | S. 25

Du musst alle Zahlwörter aus dem Text zusammenzählen:

1 + 100 + 5 + 2 + 2 + 3 = 113

LÖSUNG: **113**

Mit hundertdreizehn in die Freiheit | S. 21

Leonie hat das Eis ganz rechts. Elif hat das größte Eis, also Nummer 4. Milas Eis hat Schokolinsen, also Nummer 3. Kadirs Eis steht zwischen Milas und Gustavs. Also muss Kadirs Eis die Nummer 2 haben und Gustavs die Nummer 1.

LÖSUNG: ❶

Elif – eine Eins im Rätseln! | S. 65

Wenn du die Wörter an der richtigen Stelle trennst, kannst du den Text lesen.

LÖSUNG: **Einladung zur nächsten Escape-Room-Party zu Annas Geburtstag**